CE QUI EST
DANS LE CŒUR
DES FEMMES

POÉSIES NOUVELLES

PAR

Mme LOUISE COLET

SUIVIES DU

POÈME SUR LA COLONIE DE METTRAY

Couronné par l'Académie française

DANS SA SÉANCE DU 19 AOUT 1852

PARIS
LIBRAIRIE NOUVELLE
BOULEVARD DES ITALIENS, 15, EN FACE DE LA MAISON DORÉE.

1852

CE QUI EST
DANS LE CŒUR
DES FEMMES

IMPRIMERIE SIMON RAÇON ET CIE, RUE D'ERFURTH, 1.

[illegible] de Mettray

CE QUI EST
DANS LE CŒUR
DES FEMMES

POÉSIES NOUVELLES

PAR

Mme LOUISE COLET

SUIVIES DU

POËME SUR LA COLONIE DE METTRAY

Couronné par l'Académie française

DANS SA SÉANCE DU 19 AOUT 1852.

PARIS
LIBRAIRIE NOUVELLE
BOULEVARD DES ITALIENS, 15, EN FACE DE LA MAISON DORÉE.

1852

LE RAYON INTÉRIEUR.

Si mes larmes tarissent vite,
Si je souris quand j'ai pleuré,
Que le monde accoure ou m'évite,
Si mon cœur n'est jamais navré,

Si je suis sereine à l'offense
Comme indifférente à l'encens,
Si j'affronte avec innocence
Ce qui jadis troublait mes sens,

Conjurant les jours de misère,
Si la nuit, seule, en travaillant,
Je porte ma douleur légère
Comme un enfant imprévoyant,

Si contre ceux qui, dans la vie,
Me blessèrent d'un trait cruel,
Mon inimitié fut suivie
De la paix que l'on sent au ciel,

Si le vertige des richesses
Monte vers moi sans m'éblouir,
Me souvenant d'autres ivresses
Dont aucun or ne fait jouir,

Si chaque grandeur du génie,
Si chaque émotion de l'art,
Si chaque touchante harmonie
Vient mouiller de pleurs mon regard,

Si les voix de l'intelligence,
Si la nature et la beauté,
Comblent de leur magnificence
Mon opulente pauvreté,

Si l'heure qui succède à l'heure,
Sur mon horizon toujours pur,
Me trouve plus tendre et meilleure,
L'esprit planant d'un vol plus sûr,

C'est que je porte dans mon âme
Un rayon que rien ne pâlit ;
De sa lumière et de sa flamme
Tout s'éclaire et tout s'embellit,

Lampe immortelle qui me veille,
Clarté qui renaît chaque jour
Plus pénétrante que la veille,
Ce rayon, c'est toi, mon amour !

1832.

L'ART ET L'AMOUR.

APRÈS AVOIR VU LES TABLEAUX VIVANTS.

Tu me dis : Aime l'art, il vaut mieux que l'amour ;
Tout sentiment s'altère et doit périr un jour !
Pour que le cœur devienne une immortelle chose,
Il faut qu'en poésie il se métamorphose,
Et que chaque pensée en sorte incessamment,
En parant sa beauté d'un divin vêtement.

Sentir, c'est aspirer!... c'est encor la souffrance;
Mais créer, c'est jouir, c'est prouver sa puissance;
C'est faire triompher de la mort, de l'oubli,
Toutes les passions dont l'âme a tressailli!

Et moi, je te réponds : La langue du poëte
Ne rend du sentiment que l'image incomplète;
Concevoir le désir, goûter la passion,
Nous fait dédaigner l'art et sa création;
Formuler les pensers dont notre esprit s'enivre,
Ce n'est que simuler la vie : aimer, c'est vivre;
C'est incarner le rêve, et sentir les transports
Dont l'art ne peut donner que des emblêmes morts!

Des maîtres les plus grands les œuvres les plus belles,
Auprès du beau vivant, compare, que sont-elles?
Corrége et le Poussin, Titien et Raphaël,
Rubens, dont la palette est prise à l'arc-en-ciel,
Éblouissant nos yeux, ont groupé sur leurs toiles
Des visages divins et de beaux corps sans voiles!
Mais hier, quand soudain à nos regards charmés
Ces tableaux immortels se trouvaient animés,
Lorsqu'au lieu de la chair que la couleur imite,
Nous avons admiré cette chair qui palpite,

Où le sang, à travers l'épiderme soyeux,
Circule en répandant des reflets lumineux ;
Lorsque nous avons vu d'exquises créatures,
Dont les beaux torses nus, les bras aux lignes pures,
Le sein ferme et mouvant, le visage inspiré,
Faisaient vivre à nos yeux quelque groupe sacré,
Oh ! n'as-tu pas senti combien sont imparfaites
Toutes ces œuvres d'art que les hommes ont faites,
Et ne t'es-tu pas dit, du réel t'enivrant :
La beauté seule est belle, et l'amour seul est grand !

1846.

L'OUVRIÈRE,

IMITATION D'UNE BALLADE POPULAIRE ANGLAISE.

A MADAME CLÉMENCE ROBERT.

I

Voyez cette femme en haillons sordides,
Aux longs doigts rompus et creusés de rides,
Esclave asservie au travail sans fin!
Son œil alourdi par la veille est rouge;

Sans trêve elle coud dans son triste bouge,
Et chante accroupie en proie à la faim :

Travailler, travailler, travailler toujours.
De l'aube au déclin de nos tristes jours !

II

Dès que le coq jette une note claire
Jusqu'à ce qu'au ciel l'étoile s'éclaire,
Travaillons ! Le Christ bénit le labeur,
Mais non ce travail homicide, infâme,
Usant notre corps, dégradant notre âme,
Faite pour aimer un Dieu créateur.

Travailler, travailler, travailler toujours,
De l'aube au déclin de nos tristes jours !

III

Allons, faible enfant, allons, frêle fille,
Tirons à l'envi notre active aiguille,
Taillons et piquons, cousons, hâtons-nous ;

Mes yeux sont en sang, travaillons, vous dis-je!
Mon cerveau confus est pris de vertige,
Le sommeil m'abat... en rêve je couds!...

Travailler, travailler, travailler toujours
De l'aube au déclin de nos tristes jours!

IV

Hommes entourés de mères heureuses,
D'épouses, de sœurs fraîches et rieuses,
Le lin éclatant revêtu par vous,
C'est la vie, hélas! d'humbles créatures
Cousant le linceul de leurs sépultures,
En cousant ce linge au toucher si doux!

Travailler, travailler, travailler toujours,
De l'aube au déclin de nos tristes jours!

V

La mort! Se peut-il qu'à son nom je tremble?
Pourquoi la craindrais-je? Elle me ressemble.
Elle a ma pâleur, mes traits amaigris,

Depuis que j'ai faim, jumelles nous sommes;
D'où vient que le pain coûte tant aux hommes?
Leur sang et leur chair sont à si vil prix!...

Travailler, travailler, travailler toujours,
De l'aube au déclin de nos tristes jours!

VI

Quel est mon salaire? Hélas! je travaille
Pour un peu de pain, pour un peu de paille,
Une table, un banc, brisés à demi...
Mon mur est si nu, si triste, si sombre,
Que parfois, mon Dieu, je bénis mon ombre
De s'y dessiner ainsi qu'un ami!...

Travailler, travailler, travailler toujours,
De l'aube au déclin de nos tristes jours!

VII

Le matin, le soir, quand la cloche tinte,
Courbée au labeur, de fatigue éteinte,
Comme un criminel aux travaux forcés,

Je suis toujours là; mes pieds s'engourdissent,
Mon cœur ne bat plus, mes doigts se roidissent,
Je meurs... Travaillons! ce n'est pas assez!

Travailler, travailler, travailler toujours,
De l'aube au déclin de nos tristes jours!

VIII

Aux mornes lueurs du sombre décembre,
Sans feu travailler dans l'humide chambre;
Et, quand le soleil brille aux jours d'été,
Comme pour narguer ma chaîne éternelle,
Désertant mon toit, voir que l'hirondelle
Du ciel lumineux fend l'immensité!

Travailler, travailler, travailler toujours,
De l'aube au déclin de nos tristes jours!

IX

Seulement une heure au clos du village
Respirer la sauge et le thym sauvage,
L'herbe sous mes pieds, le ciel sur mon front;

Seule, une heure, aux champs me sentir renaître,
Ainsi que j'étais avant de connaître
Ce qu'ont de douleurs la faim et l'affront!

Travailler, travailler, travailler toujours,
De l'aube au déclin de nos tristes jours!

X

Une heure de trêve à mon cœur malade!
Au prix de mon pain une promenade!
Oh! ce court loisir... — Jamais le bonheur!
Non, jamais l'amour! jamais l'espérance!
Mais, une heure aux champs, pleurer ma souffrance,
Ces larmes viendraient rafraichir mon cœur!

Travailler, travailler, travailler toujours,
De l'aube au déclin de nos tristes jours!

1850.

LES RÉSIDENCES ROYALES.

Avec leurs longues avenues,
Leurs silencieuses statues
Se mirant dans les bassins ronds ;
Leurs grands parcs ombreux et profonds,
Leurs serres de fleurs des tropiques,
Et leurs fossés aux ponts rustiques,
Ils sont pour nous, ces vieux palais,
Ils sont pour nous : habitons-les !

Bras enlacés, âmes rêveuses,
Promenons nos heures heureuses
Sous les tonnelles des jardins,
Dans les bois où passent les daims;
Traversons les courants d'eau vive
Sur la nef qui dort à la rive.
Ils sont pour nous, ces vieux palais,
Ils sont pour nous : habitons-les!

Allons voir, dans les vastes salles,
Les portraits aux cadres ovales,
Morts radieux toujours vivants :
Grandes dames aux seins mouvants,
Cavaliers aux tailles cambrées,
Exhalant des senteurs ambrées.
Ils sont pour nous, ces vieux palais,
Ils sont pour nous : habitons-les!

Sur le banc des orangeries,
Dans l'étable des métairies
Où les reines buvaient du lait,
Dans le kiosque et le chalet,
Aux terrasses des galeries,
Allons asseoir nos causeries.

Ils sont pour nous, ces vieux palais,
Ils sont pour nous : habitons-les !

Sous le fronton de jaspe rose,
Où l'amour sourit et repose,
Cherchons le bain mystérieux,
Le bain antique aimé des dieux :
Diane et ses nymphes surprises
Courent sur le marbre des frises !
Ils sont pour nous, ces vieux palais,
Ils sont pour nous : habitons-les !

Lisons dans les forêts discrètes
Les gais conteurs et les poëtes :
Le murmure des rameaux verts
S'harmonie à celui des vers,
Et les amoureuses paroles
S'épanchent en notes plus molles.
Ils sont pour nous, ces vieux palais,
Ils sont pour nous : habitons-les !

Dans les ravins aux pentes douces,
Sur les pervenches, sur les mousses,
Doux lit où se voile le jour,

A la lèvre monte l'amour ;
L'ombre enivre, l'air a des flammes,
En une âme Dieu fond deux âmes.
Ils sont pour nous, ces vieux palais,
Ils sont pour nous : habitons-les !

L'horizon déroule à la vue
Le lac à la calme étendue,
Où par couples harmonieux
Les cygnes fendent les flots bleus ;
Plages, collines et vallées
Sous nos regards sont étalées.
Ils sont pour nous, ces vieux palais,
Ils sont pour nous : habitons-les !

Chantilly dort sous ses grands chênes,
Rosny, Chambord, n'ont plus de reines ;
Leurs maîtres, ce sont les amants
Savourant leurs enchantements ;
Où les royautés disparaissent,
Les riantes amours renaissent.
Ils sont pour nous, ces vieux palais,
Ils sont pour nous : habitons-les !

15 juin 1852.

DEUIL.

—

En me voyant passer sous mon vêtement noir,
Ils disent, me jugeant comme ils jugent la femme :
Ce deuil n'est qu'apparent, ce deuil cache l'espoir...
L'espoir ! vous qui parlez, regardez dans mon âme !

Comme tous les débris des sentiments enfuis
La laissent à jamais morne et désenchantée,
Inerte et submergée aux flots des longs ennuis !
L'espoir pour le malheur, c'est le ciel pour l'athée.

C'est le doute incrédule à tout ce qui sourit,
A la parole amie, au regard qui caresse,
A la main enlaçant la nôtre avec tendresse,
Au cœur naïf plaignant notre cœur qui s'aigrit.

L'espoir, il rayonnait triomphant et sincère
Dans mes rêves d'amour, dans mes rêves d'orgueil,
Quand tu vins me chercher au tombeau de ma mère,
Toi pour qui j'ai repris ces vêtements de deuil.

Je les portais alors, triste et fatal augure,
Que nous avons bravé ; l'espoir était si beau,
Que ces deux voix de Dieu, l'amour et la nature,
Chantèrent dans nos cœurs à côté d'un tombeau.

Je marchais, souriante, à ton bras inclinée,
Le long des peupliers qu'éclairait le couchant ;
Sur la lande, un vieux pâtre entonnait un vieux chant,
A l'horizon flottait la Méditerranée.

Tous les chastes trésors en secret amassés
Dans une âme de vierge, entre toutes choisie,
Furent pour toi : candeur, fierté, foi, poésie,
Parfums mystérieux qu'en ton sein j'ai versés.

Oh ! comme le destin aurait pu nous sourire,
L'un sur l'autre appuyés, si tu l'avais voulu !
Tu le sais, maintenant que la mort t'a fait lire
Dans mon cœur, où, vivant, tu n'as jamais bien lu.

Je ne t'accuse pas, je me souviens, je pleure ;
L'âme de mes enfants est éclose par toi ;
Et de ton sein glacé, jusqu'à ce que je meure,
Les derniers battements retentiront en moi.

Quand j'ai pressé ton corps d'une étreinte suprême,
Quand j'ai fermé tes yeux d'un baiser déchirant,
Dans mon sein j'ai senti monter l'écho navrant
De ce beau jour d'hymen où tu me dis : Je t'aime !

Les autres t'oublieront ; moi, taisant ma douleur,
J'évoquerai ton ombre et j'en serai suivie.
A toi le plus sacré des amours de ma vie !
A toi le plus ému des regrets de mon cœur !

Mai 1851.

ENVOI.

A MA COUSINE, MADAME LEBLANC DE L'HUVEAUNE.

Auprès du lit d'agonie
Accourut votre amitié ;
Votre âme, à la mienne unie,
Prit de mon deuil la moitié.

Quand notre cœur est en fête,
Aux jours brillants et légers,
L'amitié, trame imparfaite,
A des liens passagers.

Mais quand la mort nous pénètre,
De ses adieux solennels,
Les liens qu'elle fait naître
Comme elle sont éternels.

1832.

LA PLACE ROYALE.

Paris s'aligne, il ratisse ses rues,
Il s'éclaircit, il reluit en tout lieu ;
Pour ses bourgeois il fait des avenues ;
J'ose pourtant vous regretter un peu,
O du passé demeures disparues !
Beau pavillon où dansait Richelieu,
Brillants hôtels des Turenne, des Guise,
Des Coligny, des Condé, des Rohan,

Jolis palais des Boufflers, des Soubise.
Où s'agitaient l'histoire et le roman,
Vos héritiers vous mettent à l'encan,
Et le niveau vous submerge à sa guise,
Nobles îlots perdus dans l'Océan.

Il n'est que toi, vieille place Royale,
Déserte et triste, oubliée, à l'écart,
Qui pour tout bruit entends par intervalle
Quelque vieux fiacre au pas de corbillard,
Ou vois passer la servante banale
Menant jouer quelque enfant babillard ;
Il n'est que toi, place aux blanches arcades,
Qui sus garder ta grâce d'autrefois :
Ducs et marquis, voici vos promenades,
Voici l'allée où s'abritaient les voix
Des amoureux donnant les sérénades ;
Des rendez-vous voici les bancs étroits,
Et les balcons d'où tombaient les œillades !
C'est toujours toi, grille au charmant renom,
Cloître du goût et des galanteries,
Où Sévigné causait avec Ninon,
Où méditait la jeune Maintenon.
C'est toujours vous, riantes galeries,

Où le Menteur contait ses fourberies!
C'est le gazon, c'est le même préau,
Des grands duels, des duels à l'épée,
Où de ses mains la noblesse frappée,
Ensanglantant le bassin des jets d'eau,
En plein soleil faisait mainte équipée
Malgré l'édit et malgré le bourreau.

Dans cette enceinte, à l'heure où tout sommeille,
Si quelque vrai poëte erre le soir,
Il voit passer l'ombre du grand Corneille,
Qui, sur les fleurs, près d'elle fait asseoir
L'ombre d'Hugo, dont la gloire est pareille;
Et tous les deux, fiers, superbes à voir,
Vont devisant alors du vieil Horace,
Du vieux Nangis, de Diègue, de Silva!
Il n'en est plus de cette forte race
Parmi tous ceux que notre âge éleva;
Plus de vertu, plus d'orgueil, plus d'audace;
Ah ! comme l'art, l'héroïsme s'en va !

1852.

ENVOI.

A MADAME CHÉRON.

Dans ce beau square où tant de renommées,
Où la valeur, où l'esprit et l'amour,
De siècle en siècle ont laissé tour à tour
Leurs souvenirs, leurs traces enflammées,
On voit courir nos filles bien-aimées,
Jouant parmi les enfants d'alentour.
La mienne est blonde avec son cou de neige,
Son teint tout rose et ses grands yeux tout bleus,

Sous l'auréole d'or de ses cheveux,
Son pur visage, éclatant, lumineux,
Passe du front tout le bruyant cortége :
On la dirait un ange du Corrége.
La vôtre est brune avec son œil profond,
Ses traits pensifs, sa taille svelte et digne,
Son beau profil, irréprochable ligne,
Que croise l'arc d'un sourcil sombre et long ;
L'intelligence éclate sur son front :
C'est l'antilope aux yeux noirs près du cygne.

Suivant du cœur leurs gracieux ébats,
Sur toutes deux quand nous veillons, madame,
L'heure qui fuit nous murmure tout bas
Que notre enfant un jour deviendra femme.
Femme ! en est-il d'heureuses ici-bas?
Oh ! qui de nous dirait oui dans son âme ?

1852.

LE PRINTEMPS.

SONNET.

Quel beau soir ! Quel air pur ! Quel suave bien-être !
Dans son limpide azur la lune me sourit ;
Lilas et marronniers, que le printemps fleurit,
Élèvent leurs rameaux jusques à ma fenêtre.

Dans ce petit jardin, de hauts murs circonscrit,
Pour m'offrir son parfum chaque fleur semble naître;
Chaque oiseau de son chant m'agite et me pénètre.
O nature! je sens ton souffle et ton esprit!

En toi la séve court, en moi monte la flamme!
Mes bras cherchent des bras; mon âme appelle une âme!
En face, à ce balcon, qui vient de s'éclairer,

Je crois le voir. C'est lui! tout mon être s'élance.
Non! il est loin; partout solitude et silence.
Passés dans l'abandon, les beaux soirs font pleurer.

1852.

RESSOUVENIR PAÏEN.

A M. ***.

APRÈS SON VOYAGE D'ORIENT.

> Les Grecs désignaient par un seul mot, TO KALON, le *bien*, l'*honnête* et le *beau;* et le mot AGATHON, qui signifiait autrefois le *beau*, signifie maintenant le *bien*.

Ami, racontez-moi votre belle odyssée,
Que poursuivit deux ans ma jalouse pensée;
Dans votre style, net et vrai comme un miroir,
Ce que vous avez vu, faites-le-moi revoir!

Du flot jaune du Nil au flot bleu du Bosphore,
De la mer du Pirée à celle où fut Gomorrhe,
Du désert de Palmyre au rivage de Tyr,
Ce que vous ressentiez, faites-le moi sentir.
Vous avez su garder la foi des grands artistes,
Ces croyants éternels, sérieux fantaisistes,
Qui, parmi les débris des mondes au tombeau,
Vont partout recherchant la trace du vrai beau.
L'Égypte et l'Orient, mœurs, monuments, nature,
Passent dans vos tableaux en magique peinture.
— C'est vers Alexandrie un navire cinglant,
Du soleil sur les eaux c'est le disque sanglant,
Les minarets du Caire et les temples de Thèbes,
Des mameluks jouant avec de bruns éphèbes,
La cataracte, douche immense de l'éther,
Le grand sphinx accroupi sur le seuil du désert,
L'hiéroglyphe cachant quelque page d'histoire,
La ruine, le flot, le roc, le promontoire,
Le dromadaire roux par l'Arabe monté,
Sur un fond de lapis groupe vivant sculpté ;
Un paysage ardent de l'aride Judée ;
Aux terrasses de Smyrne une femme accoudée,
Rêvant, sous les longs plis de ses voiles émus,
Comme la Polymnie auprès des marbres nus !

D'un portique détruit quelque frise immortelle.
Fragment de Phidias, débris de Praxitèle;
Malte, à son double azur se mirant et riant;
Rhodes, page gothique au livre d'Orient,
Les dômes de Stamboul et les marbres d'Athénes...
Tous ces vifs souvenirs de régions lointaines,
Rendus dans leur pensée et leur contour précis,
De leur réalité font vivre vos récits.

Loin du ciel de mon âme, oh! que je vous envie,
Moi, fille de la Gréce, en deçà de ma vie!
Mes aïeux ont baigné leurs flancs dans l'Ilissus,
Du sang des Phocéens mes péres sont conçus,
Et mon cœur a gardé, de la race première,
Le triple amour de l'art, du beau, de la lumière.
Je cherchais cet amour dans le vrai, dans le bien,
Sous un ciel froid, qui rend ascétique et chrétien.
Dans la lutte et les pleurs, vous m'avez rencontrée,
Inconsolable enfant d'une ardente contrée,
Et vous vous êtes dit, détournant le regard :
En elle la souffrance a fait grimacer l'art.
Oui, la fleur du lotos meurt en changeant de zone;
Mais il fallait me voir dans mon Delta du Rhône,
Sous la pourpre et l'azur d'un ciel incandescent,

Altière et libre enfant en plein soleil croissant,
Riant parmi mes sœurs, les belles filles d'Arles,
Dans le champ des tombeaux, ô Dante, dont tu parles [1],
Comme on foule les fleurs foulant les ossements,
Et m'enivrant de l'art à ses divins fragments.

Dans le théâtre, assise entre les deux colonnes
Où la ronce et le lierre enlacent leurs couronnes,
Je voyais, du vieux sol qu'on fouillait à mes pieds,
Remonter des autels, des urnes, des trépieds ;
Si du béant sillon quelque blanche statue,
Ou Minerve, ou Phébé, se levait chaste et nue,
Tout mon sang tressaillait, l'âme de mes aïeux
Dans ces marbres brisés me révélait mes dieux !
Elles m'apparaissaient, beautés immaculées,
Non par le temps, mais par les prêtres mutilées,
Et, sentant votre injure, ô fils des Phocéens,
Je vouais dans mes chants haine aux Galiléens !

Ils vinrent, farouches sectaires,
Assombrir ces riantes terres

[1] Si come ad Arli, ove 'l Rodano stagna,
Fanno i sepolcri tutto 'l loco varo.

(Dante, *Inferno.*)

Qu'aimaient les hommes et les dieux,
Et, voilant de deuil la nature,
Au culte du doux Épicure
Arracher les cœurs radieux !

« Frappons ! dit l'évêque Cyrille,
Le monde n'est qu'un champ stérile,
Apre chemin qui mène au ciel ;
La chair désormais est flétrie;
L'amour est une idolâtrie :
De Vénus renversons l'autel ! »

Et, sur le beau corps d'Aphrodite,
Il étendit sa main maudite ;
Iconoclaste sans pudeur,
Ce jeune sein, ces bras d'albâtre,
Il prend plaisir à les abattre,
Dans son envieuse laideur !

Celui qui plaignit Madeleine,
Celui dont la beauté sereine
Attirait les enfants ravis,
N'aurait pas détruit tant de grâce

Oui, le Christ vous aurait fait grâce,
Blanches Vénus des blancs parvis !

Dans les ruines des portiques,
M'enlaçant aux marbres antiques,
Cherchant leurs âmes sous leurs traits,
Prise de soudaines tristesses,
Sur le corps brisé des déesses,
Dites-moi pourquoi je pleurais.

Par quels esprits, par quels atomes
Sortis de ces marbres fantômes
Fus-je créée aux mêmes lieux?
Famille! courant qui se brise,
Qui sait l'influence transmise
Du sang inconnu des aïeux?

D'où vient cet amour pour la Grèce,
Aveugle instinct de ma jeunesse?...
Et, quand mon esprit se forma,
En lisant la mort d'Hypatie,
D'où vient l'ardente sympathie
Dont son martyre m'enflamma?

Eh ! que m'était donc cette femme,
A qui Platon transmit son âme,
Pour ressentir, comme une sœur,
Mon front pâlir de son injure,
Mon flanc saigner de sa blessure
Et son trépas glacer mon cœur ?

Ami, d'un front pensif et d'une âme attendrie,
L'avez-vous recherchée aux murs d'Alexandrie,
Cette place sacrée où, tombant en héros,
Hypatie expirait aux regards d'Helios ;
Où les prêtres d'un Dieu qui maudissait l'épée,
Pour tarir son génie, envieux, l'ont frappée?
Avez-vous découvert, à l'ombre du croissant,
Le sol qui la reçut et fut teint de son sang ?
Vous a-t-on vu poser vos lèvres sur la dalle
Où vit le souvenir d'une sœur idéale,
Et de son spectre errant avez-vous recueilli
L'âme du monde antique en elle enseveli ?

1851.

STANCES.

Toujours triste, toujours ! c'est que tu n'aimes pas !
L'amour est un rayon qui fond toutes les ombres,
Une onde dilatant les âmes les plus sombres,
Une saveur du ciel qu'on sent dès ici-bas !

Oh ! non, tu n'aimes pas si tu ne chantes plus !
Si tout n'est pas en toi flamme, élan, poésie,
Si, devant la beauté désirée et choisie,
Tour à tour lyre, sens et cœur ne sont émus !

1849.

LE LION CAPTIF.

SONNET.

> Conseil d'ami, conseil à vous,
> Conseil d'un jour et pour la vie.
>
> Alfred de Musset.

Lion du Sahara, dans ta cage enfermé,
Le désert passe-t-il sous ta fauve paupière ?
Ta lionne à tes flancs, revois-tu l'antre aimé ?
Revois-tu le soleil qui dora ta crinière ?

A ton rugissement en écho transformé,
Sens-tu trembler encor quelque tribu guerrière ?
Libre et reconquérant ta grandeur prisonnière,
Roi ! berces-tu l'ennui dont tu meurs consumé ?

Et vous, poëte, aux fers que vous a mis la vie
Arrachez-vous parfois, palpitante et ravie,
Votre âme qui revient aux premiers horizons :

A l'amour qui l'inspire, à l'art qui la couronne !
Oh ! rendez à vos jours ce passé qui rayonne,
Sortez de l'esclavage où meurent les lions !

1852.

RIMEMBRANZA.

A UN AMI.

De huit jours passés ensemble,
Ce me semble,
En nous doit le souvenir
Revenir.

La pensée est une trace
Qui s'enlace
Aux cœurs, gardant en commun
Son parfum.

Ainsi qu'une amie absente,
Caressante,
Elle vient avec sa voix
D'autrefois,

Avec sa saveur intime,
Qui ranime
Le sentiment effacé
Du passé.

Et de nos heures mêlées,
Envolées,
Nous ressentons le plaisir
Nous saisir.

C'étaient de folles idées
Saccadées,
L'épigramme et le bon mot
Contre un sot;

C'était quelque image émue
Qui remue,
Et qui fait couler nos pleurs
Les meilleurs,

C'étaient des retours d'envie
Vers la vie,
Laissant déjà sur ses bords
Tant de morts;

Tant d'espérances trompées,
Dissipées,
Et notre plus belle amour
Morte un jour.

Nos souvenirs les plus tendres,
Froides cendres,
Dont l'inexorable adieu
Monte à Dieu !

Les amis comme les songes,
Doux mensonges,
Oiseaux des nids renversés,
Dispersés !

C'était de la poésie
La magie,
Par qui tout ce qu'on croit mort
Vit encor !

Goëthe, Byron, et toi-même,
Toi qu'on aime,
Suspendant à vos accents
Ame et sens.

Puis, lorsque tant de pensées
Enlacées
A la bouche font oser
Le baiser,

Follement on croit encore
Qu'on s'adore,
Que le bonheur qu'on pleurait
Renaîtrait.

Comme si notre pauvre âme,
Qui s'enflamme,
Peut changer en jours fleuris
Ses débris.

Ah! les débris sont poussière
Triste et chère,
Poussière ou sèchent les fleurs
Et les pleurs.

Cette plage où rien ne pousse
    Paraît douce,
Mais sur elle, hors l'amitié,
    C'est pitié !

Elle traîne sur ses grèves
    Tous nos rêves,
Pour aimer, nos cœurs, hélas !
    Sont trop las !

Mais, si l'heure de l'ivresse
    Nous délaisse,
Faut-il donc se délier,
    S'oublier ?

Ne peut-on, sans se confondre,
    Se répondre,
Et se garder en secret
    Quelque attrait ?

1852.

MARGARITA FULLER.

A M. JULES FAVRE,

SOUVENIR RECONNAISSANT.

> Je suis fatiguée à penser, je suis fatiguée de vivre. O mon Dieu! prends-moi! baigne-moi dans les eaux vivantes de ton amour!
>
> (MARGARITA FULLER.)
>
> Chaque noble doctrine, chaque poétique manifestation, prophétisent à l'homme ses destinées possibles.
>
> (*La Même.*)

Où sont tes grands aspects et tes beautés sauvages,
Vieux globe qu'on ratisse en jardins d'opéra?

L'utile t'enlaidit de ses mornes ravages,
Et dans sa cuve immense un jour t'asphyxira.
L'Amérique a laissé dépouiller vos rivages,
Large Meschacébé, fougueux Niagara.

La digue vous étreint, l'usine vous profane :
Plus de rocs fracassés par les flots écumants;
De l'un à l'autre bord plus de pont de liane
Où jouaient au soleil hérons bleus et flamants;
Plus de vierge forêt, plus de haute savane,
Où paissaient les troupeaux des buffles ruminants.

Partout la main de l'homme, ô nature splendide!
Ose effacer la tienne, et sur ton front sacré
Creuse brutalement une précoce ride,
Stigmate de l'esprit de ce peuple affairé.
Où trouver, où trouver aux champs de la Floride
Le bois de romarin où Chactas a pleuré?

Où trouver, au milieu du fracas des machines,
Acier, flamme, vapeur, grincement colossal
Des rails-ways éventrant forêts, vallons, collines,
Dans ces peuples rivés à l'amour du métal,

Où trouver, où trouver quelques âmes divines
Ne se désaltérant qu'au lait de l'idéal?

Pauvre Margarita, ta jeunesse navrée
A bu longtemps amer ce lait qui la nourrit;
Comme d'un noble cerf des chiens font la curée,
De ces âpres colons la meute te meurtrit;
Perdue au milieu d'eux, grande et triste inspirée,
Pour écho de ton cœur tu n'eus que ton esprit!

Dans leur cercle étouffant tu n'eus que ta pensée
Qui montait et voyait les horizons saillir!
Les chaines s'acharnaient à ton aile blessée;
Les ténèbres, au jour que tu faisais jaillir.
Leur stupide raison, ô sublime insensée!
Piétina sur ton cœur et le vit défaillir.

Mais dans tes fiers sanglots des âmes attractives
Surprirent du génie un accent précurseur;
Cooper, le vieux conteur, l'Homère de ces rives,
Hawthorne l'humoriste, Emerson le penseur,
Arrachant ton esprit aux tristesses oisives,
T'ont révélé ta force en te nommant leur sœur.

Oh ! comme tu planas alors avec audace !
De tes pas dénoués secouant le lien,
Tout ce que sent le cœur, tout ce que l'âme embrasse,
Tout ce qui fait monter l'intelligence au bien,
Tu te l'assimilais dans ta force et ta grâce,
Et tu le répandais en sublime entretien.

Dans des âmes longtemps à la terre enchaînées
Tu versas l'idéal, frère aîné de la foi !
Tu leur prophétisas d'altières destinées ;
Tu leur dis : La chair rampe et l'esprit seul est roi.
Les vérités brillaient sur ton front incarnées ;
Par elles inspirée, elles charmaient par toi.

Art, poésie, amour, sœurs aux ailes de flamme
Dont le céleste chœur guide l'humanité ;
Dogme immortel et pur que transmet l'âme à l'âme,
Par elle un continent a compris ta beauté !
Les foules se courbaient aux pieds de cette femme,
Puis relevaient leurs fronts vers la Divinité !

Du culte de l'esprit éloquente prêtresse,
Sa doctrine triomphe et son verbe est vainqueur ;

Alors (ainsi dans Rome on rêvait de la Grèce)
Vers notre vieille Europe elle tourne son cœur.
Elle y vint, mais les cris des âmes en détresse
Accueillirent sa foi d'un murmure moqueur.

La force l'emportait; partout sa main impure
Violentait l'esprit, cet immortel martyr;
La liberté saignait d'une immense blessure;
Margarita comme elle allait s'anéantir.
Tu lui gardais l'amour, bienfaisante Nature;
Elle l'avait rêvé, tu le lui fis sentir.

Quand de l'humanité l'âme paraît éteinte,
Que rien de fier ne parle aux peuples abattus,
Ah! l'hymen des grands cœurs est une chose sainte;
Ils abritent en eux les publiques vertus;
Contre le désespoir ils leur font une enceinte:
L'amour des Porcia console les Brutus!

Margarita croyait au réveil héroïque;
A sa foi s'inspirait la foi d'un jeune époux.
Les flots la ramenaient vers sa chère Amérique,
Mère d'un bel enfant riant sur ses genoux!

D'où lui vint sa tristesse immense et prophétique?
Avant de nous frapper, la mort s'agite en nous.

Sous les traits du bonheur la mort touchait sa tête :
Croire, aimer et mourir, son destin s'accomplit!
Près du libre rivage éclate la tempête :
Son enfant sur son sein, la mer l'ensevelit;
Elle garde son corps et ronge son squelette,
Et pour l'éternité l'Océan est son lit.

1852.

LE LEGS.

I

Un grand pont jeté sur le Rhône,
Au pied d'un gothique donjon,
Unit Beaucaire à Tarascon ;
Nous le traversions chaque automne.

J'avais quinze ans, le cœur joyeux.
Nous allions des champs à la ville ;
Les frais atours, le bal futile,
Tourbillonnaient devant mes yeux.

Sur le pont je passais distraite,
Suivant quelque songe d'amour
Ou quelque songe de poëte.
C'est là que m'apparut un jour,

Debout près de la première arche,
Un jeune homme triste et pensif;
Incertaine était sa démarche,
Son front pâle, son regard vif:

Les cheveux de sa tête grêle
Se hérissaient sous le mistral;
Flottant autour de son corps frêle,
Son pauvre habit l'habillait mal;

Il était laid; j'étais moqueuse;
Il me regardait tendrement:
A chaque œillade langoureuse
Redoublait mon fol enjouement.

Au front une rouge couture
Lui descendait le long du nez,
Et dans sa piteuse tournure
Il boitait les genoux tournés;

Et je riais à la veillée
Au souvenir du malheureux,
Lorsque ma suivante éveillée
Me disait : « C'est votre amoureux. »

Durant sept ans, toujours plus pâle,
Plus éperdu, plus amaigri,
Sur le pont, malgré la rafale,
Il vint m'attendre et m'a souri.

Son âme, à mon âme asservie,
Comme un esclave m'escortait.
Qu'était-il ? quelle fut sa vie?
Je l'ignore ; que m'importait ?

On disait que, d'humeur sauvage,
Cachant au monde ses douleurs,
Dans un enclos près du rivage
Il s'était fait l'amant des fleurs.

Roses, tubéreuses, jonquilles,
Étaient pour son cœur attristé
Autant de fraîches jeunes filles
Dont il aspirait la beauté.

II

Un jour, seule et dans la tristesse,
J'appris la mort du délaissé,
Et le legs que, dans sa tendresse,
L'infortuné m'avait laissé :

C'étaient deux orangers de Gêne,
Dignes de la serre d'un roi,
Que durant ses longs jours de peine
Il avait cultivés pour moi,

Afin que, sur ma tête aimée,
Qu'en secret il voulut bénir,
En tombant, leur pluie embaumée
Me rappelât son souvenir.

1852.

SOIR D'ÉTÉ.

Oui, je me souviendrai de ce couchant d'été
Sur les flots de la Seine, en face de cette île
Où des hauts peupliers l'ombre fraîche et mobile
Frissonnait, rideau vert au bord du ciel jeté.

Au-dessus, dans l'azur de l'éther velouté,
Des vagues de rubis se roulaient à la file,
Et nous étions assis sur la rive tranquille,
De ce déclin du jour admirant la beauté.

A MADAME ROGER-VALAZÉ [1].

I

A notre fille, à notre mère,
A notre amie, à notre sœur,
A toute femme aimante et chère
Livrons sans voile notre cœur.

Mais à l'homme qui nous captive,
Qu'il soit amant, qu'il soit ami,
Dans nos pudeurs de sensitive,
N'ouvrons notre cœur qu'à demi.

1 Petite-fille de l'illustre girondin.

Car il a ses secrets de honte,
Drame occulte, vie en deçà.
De vos douleurs nous rend-il compte,
O pauvres sœurs qu'il offensa !

Comment espérer qu'il se lie
Au cœur qui chaste s'est donné,
Lui dont l'âme garde la lie
De tout un passé profané !

Nos flammes tombent étouffées
Dans des cendres d'où rien ne sort ;
Nos fleurs vivantes sont greffées
Sur l'aridité d'un bois mort.

II

Voilà ce qu'à toutes murmure
La secrète voix des douleurs;
Mais à celle de la nature
Nous sourions malgré nos pleurs.

Sitôt qu'un regard la pénètre,
Sitôt qu'un désir l'attendrit,

La femme abandonne son être,
Son amour soumet son esprit.

Son cœur trahit sa conscience,
Sa faiblesse éteint sa fierté ;
Son éternelle déchéance
Se revêt de félicité.

Et, dans sa force reconnue,
L'homme resserre, triomphant,
Le servage qui continue
Pour la femme toujours enfant.

1852.

SONNET.

UN BAL D'ENFANTS CHEZ MADAME RÉCAMIER.

Ce soir-là, l'on dansait à l'Abbaye-aux-Bois;
Les regards curieux pouvaient voir à la fois
René pensif au pied du portrait de Corinne,
Et celle qui régna par sa beauté divine.

Elle avait retrouvé sa grâce d'autrefois,
Pour sourire au plaisir de la troupe enfantine

Blondes, brunes étaient charmantes ; surtout trois :
C'était la pâle Inès ; c'était sa sœur Ondine [1].

Belle à ravir, c'était, avec ses longs cheveux,
Qui deux fois sur sa tête arrondissaient leur tresse,
Élisa [2], rappelant les filles de la Grèce.

A des ombres, hélas ! nous attachons nos vœux :
Élisa suit Inès dans la tombe endormie !
Chateaubriand est mort ! — morte est sa noble amie !

[1] Toutes deux filles de madame Desbordes-Valmore, la première morte dans l'adolescence.

[2] Fille de madame Mélanie Waldor, morte il y a deux mois à peine dans tout l'éclat de la jeunesse, laissant une charmante enfant qui rappelle sa beauté.

1852.

PRADIER.

I

Pourquoi ce funèbre cortége
De chars de deuil, d'amis en pleurs ?
Ton cercueil, que la foule assiége,
Sous des voiles aux plis de neige,
Eût été mieux parmi les fleurs.

Ce sont de blanches Théories,
Le front chaste, la lyre en main,
Qui sous leurs longues draperies
Devaient, calmes, quoiqu'attendries,
Escorter ton dernier chemin.

N'es-tu pas le fils de la Grèce,
Un des plus grands, un des plus beaux ?
De cette antique Enchanteresse
Chaque Nymphe et chaque Déesse
Par toi sortirent des tombeaux.

Quand ces blondes Ombres d'Homère
Revivaient vierges dans tes bras,
Palpitantes sous ta paupière,
Elles croyaient revoir leur père,
Ou Praxitèle, ou Phidias !

L'âme errante de leur génie,
Suspendue au bleu firmament,
Pour renaître à la tienne unie,
Glissa de la mer d'Ionie
Sur les bords de ton lac Léman.

II

O peuple immortel de statues !
Femmes, héros qu'il anima ;
Anges voilés, Déités nues,
Des temples et des avenues,
Accourez ! ô vous qu'il aima !

Venez tous, enfants de ses rêves,
Qu'il créait divins sans effort !
Dianes effleurant les grèves !
Tendres Vénus, pudiques Èves !
Venez glorifier sa mort !

Et toi, dernier né de son âme,
Symbole si triste et si beau,
Poésie, Amour, double flamme !
Marbre où la lyre se fait femme !
Viens ! et marche en tête, ô Sapho !

A celui qui te fit renaître,
Souffle ardent de l'antiquité,

Au fier créateur, au doux maître,
Chante l'hymne qui nous rend l'Être,
L'hymne de l'Immortalité !

III

Les vers d'Anacréon, les accents de Tibulle,
Ont transmis d'âge en âge un souffle qui circule
Comme une tiède haleine en des seins frémissants ;
L'Arioste et Pétrarque, en stances cadencées,
Ont prolongé le chœur de ces molles pensées
Où l'âme flotte dans les sens.

Tant que l'amour et l'art garderont leur jeunesse,
Leur jeunesse éternelle et qui fleurit sans cesse,
Se riant du néant des empires tombés !
Comme ces chants divins, tes œuvres recueillies
Triompheront du Temps sans en être pâlies,
Ainsi que de fraîches Hébés !

Caressant du regard tes filles radieuses,
Les jeunes amoureux aux belles amoureuses
Murmureront ton nom euphonique et vibrant ;

Puis ils diront ta vie, onde large et tranquille,
Quiétude du cœur où l'art trouve un asile,
Sérénité qui t'a fait grand!

Puis ils diront ta mort, si douce et si rapide,
Qu'elle a glacé ton front sans y creuser de ride:
Dans un frais paysage, au bord du fleuve assis,
Sous un ciel chaud et bleu comme un ciel de l'Attique,
Tu tombas foudroyé, tel qu'un génie antique
Exempt des vieux jours obscurcis.

Aux femmes, aux enfants qui t'aimaient dans la vie,
Aux disciples élus, ils porteront envie :
Riante apothéose où leurs cœurs salueront,
Par le bruit des baisers, par l'éclat des sourires,
Ton fantôme foulant la poudre des empires,
Un bandeau de roses au front!

Juin 1851.

STANCES

A MADAME ***.

Comme des pampres morts dans les vignes fécondes,
Si dans tes noirs anneaux, si dans mes tresses blondes,
Quelques fils argentés courent avant le temps,
C'est que les longs soucis et les douleurs profondes
Ont assombri nos fronts et fané nos printemps.

Aux tristesses de tous, tristes, ouvrant notre âme,
Nous pleurons... les pleurs sont l'oubli de la beauté;
Le teint perd son éclat, les yeux perdent leur flamme.
N'importe, il faut souffrir, il faut aimer : la femme
Garde encor sa puissance en gardant la bonté.

1851.

RETOUR.

Tu repoussas l'amour; de mon cœur arrachée,
Sa racine sécha pour ne plus refleurir;
Ta main, comme la main d'un spectre, m'a touchée :
On ne ranime pas ce qu'on a fait mourir.

Lorsqu'une source claire en flots riants murmure,
Si l'hiver tout à coup vient durcir son courant,
Elle offre encore aux yeux son cristal transparent;
Mais, quand l'onde se fond, son onde n'est plus pure.

Si je te revoyais, si ton regard vainqueur,
Comme un rayon d'été qui pénètre et consume,
Amollissait ainsi la glace de mon cœur,
Tu n'y retrouverais que trouble et qu'amertume :

Plus rien du bel amour qui faisait mon orgueil,
Plus rien des grands désirs dont j'étais enflammée ;
Vouloir rouvrir une âme après l'avoir fermée,
C'est redemander l'être aux pierres du cercueil.

Car c'est notre destin, à nous, fils de la tombe,
D'éteindre aveuglément sans jamais rallumer,
D'abattre sans pouvoir relever ce qui tombe,
Et de tarir l'amour en qui sut nous aimer.

1846.

LA FEMME.

> Vous n'êtes pas dignes des femmes. Nous portons l'enfant dans notre sein! nous y portons aussi la foi! Mais vous, hommes, avec votre force et vos désirs, vous secouez l'amour même dans vos embrassements.
>
> (GOETHE.)

I

Nous sommes un débris de l'antique esclavage.
L'homme a toujours gardé sur nous le droit d'outrage;
Du joug qu'il nous impose il se fait l'insulteur,
Comme il traitait l'esclave avant le Rédempteur.

Les heureux vont disant : « Le vice a son écume;
« Mais il est des vertus que le bonheur parfume.

« Souriantes, voyez nos filles et nos sœurs ;
« Leur vie a dans l'hymen d'ineffables douceurs,
« Et le rêve d'amour que caressa leur âme,
« Préconçu par la vierge, est éclos pour la femme. »
Oh ! que vous savez bien qu'il n'en est pas ainsi !
Que, toutes, nous portons au front l'ardent souci
D'une aspiration qui dans nos cœurs fermente,
Mais que ne satisfait l'épouse ni l'amante !
Au giron d'une mère, enfants, nous nous formons,
Pures comme la neige à la cime des monts :
Candeur qui se dérobe et beauté qui s'ignore,
Ame où tout resplendit, corps que rien ne déflore,
Être fait pour l'amour qui l'appelle et l'attend,
Vrai comme les désirs de son sein palpitant ! —
De l'air, du feu, du ciel, voix, effluve, murmure,
Pourquoi nous trompez-vous, ô jeunesse, ô nature ?
Ah ! ce qui nous déçoit, ce n'est pas vous, c'est lui,
C'est l'homme !... Un idéal dans nos rêves a lui,
Un époux chaste et beau, complément de nous-même ;
Comme une Ève promise il nous cherche, il nous aime ;
Il vient !... Ravissements d'égales voluptés,
Par deux cœurs confondus vous serez donc goûtés !...

Non ! Un seul est ému, l'autre ne peut plus l'être

Il connut la débauche avant de nous connaître,
Elle l'a pris enfant et ne l'a pas quitté;
Son cœur n'a plus d'amour, son corps plus de beauté,
Nous rencontrons la mort où nous portons la vie,
Et notre âme de vierge est veuve, inassouvie;
Le néant est offert, femme, à ta passion,
Lorsque tout crie amour dans la création,
Lorsque les voix du ciel et les voix de la terre
Promettaient un flot pur à la soif qui t'altère.

Mais la nature est mère, et Dieu n'a pas menti :
Il existe, l'amour que la vierge a senti!
Cherche! dit le désir; Aime! dit l'espérance;
Erre de deuil en deuil, de souffrance en souffrance;
Marche! suis le rayon, ne désespère pas,
Et l'ineffable époux frémira dans tes bras!

Assieds-toi pour mourir, ô pauvre condamnée!
Ils ont tous traversé la source empoisonnée :
Tous en sortent flétris, et tous seront pour toi
L'affront de ton désir, la rougeur de ta foi.

Quelques-uns, altérés de voluptés complètes,
Les cherchent en rêveurs, les chantent en poëtes;

Mais l'idéal trompé, qui souffre et pleure en nous,
Ne les détourne pas des souillures de tous.
Si leur honte était vraie et leurs larmes sincères,
Martyrs expiateurs de nos longues misères,
Au vice ils jetteraient d'héroïques défis,
Et régénéreraient les âmes de leurs fils !

O génération enceinte ou moribonde,
Seras-tu mère enfin ou toujours inféconde ?
Sur les autels tombés des dieux morts sans retour,
N'enfanteras-tu pas le culte de l'amour ?
Fluide universel et magnétique chaîne
Dont l'étreinte unira toute la race humaine,
Dont le premier chaînon, qui les aimante tous,
Sera formé par toi, saint amour des époux!
Splendeur des voluptés de la chair et des âmes,
Succédant au chaos d'accouplements infâmes,
Qui, dans leur flétrissure, ont éternellement
Engendré la laideur et l'abrutissement !

Peintres, sculpteurs, amants de la forme divine,
La débauche a détruit votre type en ruine !
Philosophes, penseurs, épris du beau moral,
L'absence de l'amour a tué l'idéal !

II

Toi, du bonheur de tous gardienne sympathique,
Nouveau pacte du globe, intègre République,
Choisis pour fondement le vrai, le bien, le beau ;
Sois digne de coucher le vieux monde au tombeau.
Que l'homme s'ennoblisse en relevant la femme !
Plus de ces jougs honteux qui font dévier l'âme !
Rends-nous à la nature après un long détour,
Fais d'un marché légal une honte à l'amour,
Mais qu'un sincère hymen qui naît des harmonies
Soit le titre d'honneur de deux âmes unies ;
La macération et ses chastes semblants
Laissent les cœurs impurs en les faisant tremblants.
Il est temps, soyons vrais dans nos lois, dans nos temples,
Surtout dans nos amours, ces éternels exemples
Que transmet la famille aux générations,
Par le courant du sang, fleuve des passions !

1851.

LES ANGLAISES.

—

BOUTADE.

Si ce siècle est humanitaire,
La mode à coup sûr ne l'est point :
Pour empire sur notre terre,
Exclusive, elle n'a qu'un point :
C'est la France, où, reine et déesse,
Son culte est le seul respecté ;
Où chaque femme est sa prêtresse,
Sous peine de lèse-beauté !

— Mais l'Amérique et l'Angleterre !...
— Mesdames, n'y regardez pas,
De peur qu'un fou rire n'altère
La grâce de vos frais appas !
Là, ni charme, ni poésie,
L'élégance y meurt de dégoût ;
La femme de la bourgeoisie,
A Paris modèle de goût,
Revêt à Londres, quoique sage,
Les atours de nos Frétillons,
Ambulant et fol étalage
Des modes que nous exilons.
Belles et railleuses Françaises,
De la tête aux pieds regardez
Ces efflorescentes Anglaises,
Le cou tendu, les bras guindés !
Chapeau rose où sont étouffées
Plumes, dentelles, gazes, fleurs,
Longues boucles ébouriffées,
Lourds repentirs, accroche-cœurs ;
Et, provoquant les cœurs rebelles,
Mantelet de fausses dentelles
Où le coton singe le fil ;
Corsage ouvert jusqu'aux aisselles,

Broche brillant sur le nombril,
Jupe, barége ou mousseline,
En spirale de falbalas,
Cône gonflé du haut en bas
Par la menteuse crinoline ;
En place de nos fines peaux,
Soulier de caoutchouc difforme,
Caparaçon de pied énorme
Comme une tortue au repos.
Gros bracelets de malachite
Autour de bras inélégants,
Volubilis ou clématite
Brodés en relief sur leurs gants ;
Air ravi, pose indescriptible,
Disant : Qui me résisterait !
Cependant l'Anglais impassible
Reste de glace à tant d'attrait...
Il a, pour réchauffer son âme,
La Chambre, le club, le houblon,
Et, dédaigneux, cherche la femme
Dans les marbres du Parthénon [1].

1851.

[1] Les plus beaux marbres du Parthénon d'Athènes sont dans le musée de Londres.

LE BAISER DU POËTE.

Quand je reçois avec recueillement,
Comme on reçoit le baiser d'un amant,
Le pur baiser qui clôt votre visite,
Si sur mon front une rougeur subite
Monte soudain, si mon cœur bat plus vite,
Si du bonheur j'ai le tressaillement,
C'est que je sens une clarté divine
Par ce baiser passer dans ma poitrine,

8.

C'est que je crois, poëte créateur,
Que votre esprit, que la muse domine,
Répand en moi son souffle inspirateur.
Oui, par un Dieu mon âme est possédée,
Et dans mon sein il fait germer l'idée.
La fleur, dit-on, est ainsi fécondée
Par le baiser des vents de l'équateur.

Août 1846.

ORGUEIL.

Va! cherche encor de femme en femme;
Je crains peu l'infidélité :
Tu ne trouveras pas mon âme,
Si tu trouves plus de beauté !

Je crains peu ces pâles jeunesses,
Ces fleurs que fanent vos amours,
Ces couronnes de vos ivresses,
Où le parfum manque toujours.

Vos forces succombent frappées
Par ces esclaves sans orgueil ;
Faibles têtes inoccupées,
Cœurs bornés qu'on lit d'un coup d'œil.

Leur main, quand leur bras vous enlace,
Dans la vôtre n'a pas frémi,
Et leur lèvre reste de glace
En murmurant le nom d'ami !

Elles vous rendent infidèles
Durant la nuit, dans le festin;
Mais, mornes, vous rougissez d'elles
Aux blanches lueurs du matin.

Leur regard vous semble la vie ;
Leur parole, le sentiment ;
Mais, après la chair assouvie,
Sans maîtresse reste l'amant ;

Sans idéal reste l'artiste,
Sans appui, le cœur désolé ;
Vers elles, celui qui va triste,
Ne s'en revient pas consolé !

De votre mère, absente ou morte,
De votre ami, de votre honneur,
Des choses qui font l'Âme forte,
De l'art et de Dieu... du bonheur,

Ne leur parlez pas : leur sourire
Accueille tout mot sérieux,
Leur main avide vous retire
De chaque sentier glorieux.

Elles enchaînent la pensée
Aux lourds cordages de la chair,
Et la font tomber affaissée,
Comme la voile où manque l'air.

Va! cherche encor de femme en femme,
Je crains peu l'infidélité :
Tu ne trouveras pas mon âme,
Si tu trouves plus de beauté!

1847.

SONNET.

Veillant et travaillant, ô mon noble poëte !
Lorsque tu seras triste et que mon souvenir,
Ainsi qu'un ami vrai, viendra t'entretenir,
En l'écoutant, ému, tu pencheras la tête.

Tu me verras courant à toi, te faisant fête ;
Avec ma belle enfant qui semblait te bénir,
Le logis, la servante, en t'entendant venir,
Tout riait, tout chantait de me voir satisfaite.

On t'aimait; l'humble toit, les cœurs t'étaient ouverts,
C'était peu pour ta gloire et peu pour ta fortune,
Mais la sincérité n'est pas chose commune.

Souviens-t'en, quand viendra la douleur importune;
Moi, je ne me souviens que du beau clair de lune
Où tu m'as dit : Je t'aime! et je relis tes vers.

1847.

GAIETÉ.

(RONDE MISE EN MUSIQUE PAR ROSSINI[1])

I

Oh ! que l'enfance est belle
Quand le plaisir l'appelle !
Tout est charmant pour elle,
Tout ravit son esprit.
La folle, tout lui rit,

1 Chez Brandus, éditeur de musique, rue de Richelieu.

Tout ravit son esprit;
La folle, tout lui rit.

II

L'été, sous la charmille
La ronde s'éparpille;
Au papillon qui brille
Elle tend son filet.
La folle, tout lui plaît,
Elle tend son filet;
La folle, tout lui plaît.

III

L'hiver, elle s'élance
Sur la glace en cadence,
Et pour son imprudence
Aucun danger n'est rien.
La folle, tout est bien,
Aucun danger n'est rien;
La folle, tout est bien.

1849.

SONNET.

Laissons au Nord brumeux les moroses pensées,
Les ronces qui toujours aux fleurs vont se mêler.
Nous, enfants du grand fleuve aux ondes cadencées,
Comme son vif courant laissons nos cœurs aller.

Pur miroir du soleil, beau Rhône au doux parler,
Écloses sur tes bords, deux âmes enlacées
N'ont point le pâle amour de froides fiancées;
Gais rayons, on les voit sourire et scintiller.

Transports, amour, folie, ivresses débordantes,
Comme la mer au flux, à vos vagues ardentes
Un cœur chaud du Midi se gonfle impétueux :

Il plane, il chante, il rit au monde qu'il embrasse ;
Mais profond est ce cœur qui bout à la surface,
Autant que l'est ton lit, fleuve majestueux.

1830.

FRAGMENTS DRAMATIQUES.

I

PAULINE.

N'éloigne pas Léon ; songe qu'il est peut-être
Cette moitié rêvée et qui manque à ton être.
Tu sais la fable grecque? un symbole charmant :
Homme et femme n'étaient qu'un primitivement;
Mais les dieux irrités, dieux jaloux, j'en suis sûre,
Séparèrent en deux l'heureuse créature ;
Leurs moitiés vont errant, et, sans se rapprocher,
Ont souvent consumé leur vie à se chercher ;
Ou bien, se rencontrant, elles se méconnaissent,
S'offensent par le doute et par dépit se blessent.
Prends garde à toi !

SEXTIA.

Pourquoi me rappelles-tu donc
Ce cruel souvenir de son triste abandon?
C'est mon premier amour outragé que je pleure;
Lorsque le ver s'attache au fruit, il faut qu'il meure.

PAULINE.

Bath! le ver n'est souvent qu'un bel insecte ailé,
Qui ne laisse pas trace après s'être envolé.

SEXTIA.

Eh! que pourrait Léon pour mes fraîches années,
Dans le courant fatal à jamais entraînées!
M'apportât-il l'amour, il ne serait plus temps :
Pour ce beau chant du ciel il nous faut le printemps!

PAULINE.

Le printemps reviendra... le cœur revit...

SEXTIA.

Pauline,
La douleur et le doute au mien ont pris racine.

PAULINE.

Je prétends déloger ces vilains hôtes-là.

SEXTIA.

De son rêve perdu quand mon cœur s'éveilla,
Je partis, dérobant ma triste destinée
Aux lieux où son amour m'avait abandonnée.
Je voulus l'oublier; j'aimais les arts : tu sais

Qu'enfant je tressaillais à l'espoir d'un succès !
Musique et poésie avaient formé mon âme ;
Plus tard j'y vis la gloire, un leurre pour la femme.
Mon vieux tuteur, durant un voyage à Paris,
M'y choisit un mari, le pire des maris :
Vain, médiocre, oisif, marchant à la misère ;
Mais il changeait mon sort : hélas ! je laissai faire ;
Je ne vis que Paris et ses enchantements,
De ce beau ciel des arts j'ignorais les tourments ;
Je ne soupçonnais pas que, pour les âmes fières,
La gloire s'entourait d'invincibles barrières,
Que l'intrigue et le vice à ce but orageux
Conduisaient en passant par des sentiers fangeux,
Et que, pour ceindre au front l'auréole de flamme,
Il fallait aux faux dieux prostituer son âme.
Oh ! la gloire à ce prix n'eut plus d'attrait pour moi ;
J'en repoussais l'espoir avec un chaste effroi,
Je voulais fuir des arts l'éclat qui nous enivre,
Je ne le pus, Pauline, hélas ! il fallait vivre...
Il fallait demander le pain de chaque jour
A des chants où vibrait le deuil de mon amour,
Répandre devant tous la triste mélopée
D'une voix qui tremblait par des sanglots coupée,
Offrir pour un peu d'or extase, rêve, aveu,

Ces choses qu'on ne dit qu'à l'amour et qu'à Dieu.
L'art, esclave d'un monde indigne de son culte,
C'est notre cœur saignant qu'on paye et qu'on insulte.
Oh! ne connais jamais ce suprême malheur
Qui vend à des Shylok par lambeaux notre cœur!
Nous forçant d'affronter l'opulence cruelle
D'un ignare éditeur qui nous tient en tutelle,
Nous livrant au critique, insolent envieux,
Qui ne vante nos chants qu'en vantant nos beaux yeux;
Aux auteurs en renom dont l'orgueil nous protége,
Aux fats nous dénigrant ou nous faisant cortége,
A des Solène enfin, des Derbin, des Nollis,
Qui, chez moi, dans ces jours de misère accueillis,
Peut-être de la honte apportaient l'apparence,
Et qui souvent mêlaient le trouble à ma souffrance.
Nollis à mon mari promettait un emploi
Qu'il n'eut jamais; il vint durant un an chez moi.
Préférant à l'intrigue une pauvreté fière,
Je l'éloignai... Le monde a pensé le contraire...
Oh! de mes tristes jours le monde ne sait rien,
Point d'amour, point d'enfant, pas un cœur pour le mien.
Que j'ai souffert, Pauline!

PAULINE.

Oui, mais tu calomnies

L'art, par qui tu créas ces belles harmonies
Qu'on chantait chaque soir de salon en salon,
Gloire charmante et pure attachée à ton nom.

SEXTIA.

Non, Pauline, envers l'art je ne suis pas ingrate,
Il console mon cœur bien plus qu'il ne me flatte;
C'est un ami fidèle, et même, dès ce temps,
A ma vie il donnait d'ineffables instants.
Lorsqu'au haut d'un théâtre, attentive et penchée,
Et dans mon humble place, à tous les yeux cachée,
Les chants de Meyerbeer ou ceux de Rossini
M'enlevaient de la terre et m'ouvraient l'infini,
Mon âme, qu'embrasait l'haleine inspiratrice,
Fécondée à son tour, devenait créatrice;
Puis, en me retrouvant loin du monde et du bruit,
Un chant, fils de ma veille, éclosait dans ma nuit.

1848.

II

Mon âme s'agrandit par l'amour qui nous lie.
Hélène, en t'adorant, j'adore l'Italie!
Riante dans son deuil, superbe dans ses fers,
Son ciel et ses beaux-arts captivent l'univers;

Aujourd'hui, comme aux temps de la grandeur romaine,
Du monde elle est encor la poétique reine!
Où l'amour serait-il plus doux que sur ses bords?
Ses échos sont frappés d'harmonieux accords;
Les feux de son soleil illuminent la vie;
Ses nuits versent un philtre à notre âme ravie;
Sa mer étincelante a des flots caressants;
Ici tout plaît aux yeux, tout enflamme les sens.
Le lien de l'amour est sacré; les mœurs mêmes,
Complices du bonheur, permettent que tu m'aimes.
Nos cœurs ont un appui dans tous les cœurs épris,
Et nous sommes amants sans craindre le mépris!
Oh! quel culte t'attend, mon idole adorée!
D'hommages et d'éclat tu seras entourée!
Monti célébrera ta beauté dans ses vers;
Rossini, pour ta voix, fera ses plus doux airs;
Canova donnera tes traits à ses déesses;
Nous goûterons ensemble à toutes les ivresses;
Je ferai de ta vie un long enchantement;
Les reines t'environt; et moi, moi, ton amant,
Pour qu'on parle après nous d'une vie aussi belle,
Pour la sauver du temps, pour la rendre immortelle,
Oh! je veux être artiste ou poëte à mon tour,
Et conquérir enfin la gloire par l'amour!

1845.

BALLANCHE.

J'ai vécu, dit Timogène, avec un calme tout céleste.

(BALLANCHE, *Préface générale.*)

Cette femme, dont je veux taire ici le nom, que je veux laisser voilée, comme fit le Dante pour Béatrix, est douée de toutes les sympathies généreuses de ce temps. Elle a visité, avec le petit nombre, le lieu qu'habitent les intelligences.

(BALLANCHE, *Dédicace de la Palingénésie*, à madame Récamier.)

I

Si l'on pleurait encor sur les choses sacrées,
Si, tel qu'aux plus beaux jours de ce vieil univers,
Quand remontent vers Dieu les âmes inspirées,
Le peuple était en deuil comme aux publics revers;

Aux élus du génie, à ceux de la sagesse,
Si l'on avait dressé des autels respectés;
Si la France, empruntant ce doux culte à la Grèce,
Eût des hommes divins fait ses divinités,

C'est pour toi, pur vieillard, belle âme inaltérable,
Cœur d'enfant qu'à toute heure on pouvait voir à nu,
C'est pour toi, noble esprit, conscience adorable,
A qui le mal restait un mystère inconnu,

C'est pour toi qu'on eût vu, comme aux fêtes antiques,
Le poëte chanter sur des modes divers,
Et les vierges, formant des danses symboliques,
Associer leurs pas au doux rhythme des vers;

Car ce n'était pas trop, ineffable génie,
D'unir pour t'honorer, au moment du départ,
Ce qu'ont de plus exquis la grâce et l'harmonie :
La beauté dans la femme et la beauté dans l'art.

Oui, la fille des Grecs, à la tunique blanche,
Et le chant phrygien du rapsode sacré,
Comme un double symbole auraient peint, ô Ballanche,
Ta suave candeur, ton savoir inspiré.

II

Le culte des chastes idoles
Au fond des cœurs reste abattu ;
La terre a perdu les symboles
Qui déifiaient la vertu.

Mais nos pleurs, sur ta tombe aimée,
Pleurs d'amour et de vérité,
Attirent vers ta renommée
Si belle de sérénité.

III

Oh ! nous qui te pleurons, nous avons pu t'entendre,
Ton âme recueillie avait pour se répandre
D'intimes entretiens,
Où tu laissais tomber, dans quelques cœurs fidèles,
L'écho religieux des choses immortelles
Que Dieu ne dit qu'aux siens.

Tu ressemblais parfois, dans ta pose extatique,
A Socrate inspiré parlant sous le Portique.
Le sens divin de tout comme à lui t'était clair;
Calme, tu pénétrais tout ce que l'homme embrasse
Avant que sa lumière ici-bas ne s'efface
Aux ombres de la chair.

Elle planait alors dans les champs de l'idée,
Ton âme, qui jamais ne s'était dégradée;
Et, devançant les temps, candide précurseur,
Tu traçais d'un pas sûr la marche progressive
Que le monde suivra jusqu'à ce qu'il arrive
A ce but idéal qu'entrevoit le penseur.

Quand tu parlais ainsi des destins de la terre,
En toi Chateaubriand reconnaissait un frère
Modeste, le suivant dans son vol éclatant.
Des mythes qui voilaient l'avénement des âges
Les clartés de ta foi dissipaient les nuages,
Et nos cœurs pénétrés croyaient en t'écoutant!

Et toi, tu nous disais, avec ton doux sourire :
« Reportez votre hommage à celle qui m'inspire;

« Tout ce que sait mon cœur, par elle il l'a compris.
« D'une lyre muette elle fut l'harmonie ;
« Comme Socrate, j'ai mon familier génie ;
« Comme Dante, ma Béatrix ! »

1847.

ON NE VOIT PAS LES CŒURS.

Lorsque, les yeux émus et les mains enlacées,
On se parle d'amour pour la première fois;
Quand le tressaillement du geste et de la voix
Semble en un seul élan confondre deux pensées;

Quand le désir, le sang, l'âme (de l'un du moins),
Dans un premier baiser s'attirent, se confondent;
Lorsque l'on prend l'honneur et le ciel à témoins,
Qu'avec sincérité deux cœurs fiers se répondent;

Quoi ! se peut-il, mon Dieu ! que, dans ce libre hymen
Fait par l'amour, dont rien n'impose la contrainte,
L'un des deux, se jouant d'une chose si sainte,
Songe en l'accomplissant à la rompre demain?

Croire à la trahison qu'un sourire enveloppe ?
Croire à la fausseté des baisers et des pleurs ?
Non, non ! et cependant, ô profond Misanthrope !
Hélas ! tu nous l'as dit : « On ne voit pas les cœurs [1] ! »

1850.

[1] Le *Misanthrope*, acte III.

VEILLÉE.

La pente où toujours mon cœur glisse et s'oublie
En me retrouvant seule durant la nuit,
C'est toi, mon amour, toi que rien ne délie ;
Tu restes, tu vis, quand tout meurt, quand tout fuit !

Les autres n'étaient que des fantômes pâles,
Repoussant mon cœur d'un cœur épouvanté ;
Mais toi, fier amant des choses idéales,
De ma passion t'émut l'immensité !

Tu la sentis vraie et tu compris qu'en elle,
Ainsi que dans l'art, ta passion, à toi,
Était contenue une essence éternelle;
Ton cœur s'attendrit, et tu revins à moi!

Dans tes visions et d'homme et de poëte
Passa l'idéal, et vers lui tu marchas;
Moi, de sa beauté pauvre image incomplète,
Que ne suis-je un songe animé dans tes bras!

O fraîcheur du sang! ô nacre de la joue!
O bouche d'enfant, front de vierge, œil de feu.
Longs cheveux traînants où le baiser se joue...
Ma jeunesse, à moi, n'a fleuri que pour Dieu!

Mon désert a vu cette fleur qui s'ignore,
Dont le vent du soir caressa la beauté...
De l'éclat lointain ce qui me reste encore
Reçoit ton amour avec humilité.

Mon désert a vu sur ses monts, sur ses landes,
Mon cœur s'attendrir, mon esprit s'enflammer,
Dépassant l'essor des choses les plus grandes,
Et dans leur ardeur tout vouloir, tout aimer.

Effluves de feu dont la trace dévore,
Pourquoi vîntes-vous m'enlacer, m'éblouir ?
Les fruits de l'esprit sont tombés sans éclore ;
Les amours du cœur n'ont pu s'épanouir.

Va, je le sais bien que l'idéal échappe ;
Que je suis son ombre et non pas son foyer,
Et, comme un écho quand ta plainte me frappe,
Pour nous deux je sens mon pauvre cœur ployer !

Va, je le sais bien que jamais n'est saisie
L'altière beauté qui plane devant nous.
A notre toucher, s'enfuit la poésie,
Et comme les morts nos bonheurs sont dissous.

Va, je le sais bien que l'impossible attire ;
Que tu chercheras ce qui te manque en moi.
Mon cœur résigné subira ce martyre.
Tu me reviendras... J'ai ma racine en toi.

Quand ta tête est lasse et ton âme abattue,
Qui donc calmerait ton inquiet souci ?
D'autres mieux que moi pourront plaire à ta vue ;
Mais l'amour !... l'amour, il ne t'attend qu'ici !

Laissons donc nos jours enlacés à ces chaînes
Qui nous ont liés par le sang, par le cœur.
Les vieux sentiments sont comme les vieux chênes,
Leur ombre est plus douce, et leur abri meilleur.

1832.

A MA FILLE.

SONNET.

Tu t'élèves et je m'efface,
Tu brilles et je m'obscurcis,
Tu fleuris, ma jeunesse passe ;
L'amour nous regarde indécis.

Prends pour toi le charme et la grâce,
Laisse-moi langueurs et soucis ;
Sois heureuse, enfant, prends ma place,
Mes regrets seront adoucis.

Prends tout ce qui fait qu'on nous aime :
Ton destin, c'est mon destin même.
Vivre en toi, c'est vivre toujours !

Succède à ta mère ravie ;
Pour les ajouter à ta vie,
O mon sang ! prends mes derniers jours.

1852.

ENVOI.

A MON COUSIN, M. LE BARON DE MEYRONNET-SAINT-MARC,

CONSEILLER A LA COUR DE CASSATION.

Me parlant de ma mère, un jour vous m'avez dit :
« Heureuse elle serait lorsqu'on vous applaudit ! »
Puis vous me répétiez qu'elle était tendre et bonne ;
Et j'enviais pour moi sa secrète couronne :

Vertu, douceur, amour, éclat qui fut le sien,
Brillant mieux à son front qu'un peu de gloire au mien.
A vous du même sang, à vous qu'aima ma mère,
Sans orgueil j'offre ici ma couronne éphémère,
Lui préférant ce mot qu'un jour vous m'avez dit :
« Heureuse elle serait lorsqu'on vous applaudit. »

LA COLONIE DE METTRAY.

POÈME COURONNÉ PAR L'ACADÉMIE FRANÇAISE.

> Dieu fait part au pécheur de sa grâce infinie.
> . . . .
> Ce Dieu touche les cœurs! . . .
>
> (CORNEILLE, *Polyeucte.*)

I

Comme la lèvre ardente aspire à l'onde pure,
L'œil au rayon du jour après la nuit obscure,
L'odorat au parfum et l'oreille au doux bruit,
Et tous les sens de l'homme à ce qui les séduit ;
Oh ! d'où vient qu'aussitôt que notre âme est frappée
D'une sublime idée au génie échappée,

Nous ne tendons pas tous avec ravissement
Vers ce pôle divin dont nos cœurs sont l'aimant?
Au lieu d'être en un jour à l'envi fécondée,
Des siècles passeront sans mûrir cette idée,
Car tout germe sorti de la divinité
Souffre en toi pour éclore, ô faible humanité!

Fleuve éternel qui désaltère,
Le Christ apporta sur la terre
La loi d'amour et de pardon,
Et l'ancien monde à l'agonie
Fut vaincu dans sa tyrannie
Sous la figure du démon.

Mais, comme le tronc du reptile
Résiste au bras qui le mutile
Et survit même dans la mort,
Vieux levain de la race humaine,
La loi de vengeance et de haine
Survécut au Dieu du Thabor.

Malgré l'immortel sacrifice,
Longtemps la rigueur du supplice
Sur le coupable s'imprima,

Et l'Agneau de mansuétude
Vit sécher sur un sol trop rude
Le grain méconnu qu'il sema.

Mais l'âge est arrivé de recueillir féconde
Cette moisson d'un Dieu qui racheta le monde.
Que l'Évangile régne, et qu'il pénètre en nous;
Ayons de ces grands cœurs où bat le cœur de tous;
Et de l'humanité poussant sa plainte immense,
Déplorons chaque erreur, plaignons chaque souffrance.
Du coupable abattu ne marquons pas le front:
L'âme s'ouvre au remords et se ferme à l'affront.
Que le châtiment même, alors qu'il le réprime,
Pour le purifier laisse l'espoir au crime.
Dans les bras que le Christ sur la terre étendit
Tous furent appelés, pas un ne fut maudit.

II

O touchants bienfaiteurs, De Metz et Brétignères,
Vous que la charité par l'âme a rendus fréres,
Insoucieux de gloire et d'applaudissements,
Vous avez confondu vos secrets dévouements.

Comme le bon Pasteur, qui portait sur l'épaule
La brebis égarée, ou saint Vincent de Paule
Chargeant ses mains des fers d'un forçat racheté,
Et recueillant l'enfant sur la pierre jeté,
Vous allez arracher au vice héréditaire
De jeunes malheureux, fruits d'un sang adultère,
Conçus dans l'abandon, grandis dans les douleurs,
En haillons, affamés, mendiants et voleurs,
Flétris avant d'avoir compris qu'ils ont une âme,
Privés de mère ou fils de quelque mère infâme,
Corps grossiers enchaînés aux appétits charnels,
Esprits déshérités de désirs éternels,
Mais où survit divine, et dans la honte même,
L'étincelle qui brille aussitôt qu'on les aime !

Le monde repoussait leur opprobre... Mais vous,
Vous leur avez crié : « Venez, venez à nous ! »

III

Barbare antiquité, garde tes faux grands hommes !
Leur gloire pèserait sur le siècle où nous sommes ;
Fille de l'égoïsme et de la cruauté,

Trop d'impures vapeurs ternissaient sa beauté !
Les âpres passions des choses de la terre
Des plus nobles héros souillaient le caractère :
Mépris d'autrui, pleurs, sang, répandus pour eux seuls,
Pourpre qu'ils se taillaient dans de rouges linceuls,
Sceptres que façonnait la guerre ou l'esclavage ;
Non, non, vous n'êtes plus la gloire de notre âge :
Dieu même, en balayant votre sombre splendeur,
Nous en a découvert le vide et la laideur.
Dans le monde chrétien une autre âme palpite,
Vers des courants plus purs elle se précipite ;
De la mansuétude embrassant l'idéal,
Elle sent que le mal ne dompte pas le mal ;
Mais qu'imposer le frein des vertus qu'on pratique,
C'est rayonner en toi, conscience publique ;
C'est te soumettre mieux que ces rudes vainqueurs
Qui courbèrent les fronts sans atteindre les cœurs.

IV

Où vont-ils, où vont-ils à travers la Touraine,
Ces jeunes prisonniers qu'aucun lien n'enchaîne?
Ils courent étonnés sous les ombrages verts,

Des lèpres des cités ils arrivent couverts,
Mais le contact heureux et sain de la nature
Fond l'endurcissement, lave la flétrissure,
Leur sang est apaisé, leur cœur s'épanouit,
Ils revivent... un jour nouveau les éblouit.

Regardez ce naissant village,
Au sommet d'un tertre, où s'étage
La vigne au-dessus des moissons,
Déjà s'arrondit en enceinte,
Autour de la chapelle sainte,
Un réseau de blanches maisons!

Sitôt que la nuit se replie,
Quand l'aube avec mélancolie
Verse sa première lueur;
Quand la terre, qui se réveille,
Calme, reprend, comme la veille,
Sa tâche d'éternel labeur;

De Mettray la cloche résonne,
Et l'immense ruche bourdonne
Aux accents de l'airain bénit;

L'appel vole de bouche en bouche,
Les enfants sortent de leur couche,
Les oiseaux sortent de leur nid.

La prière qui les rassemble,
Les chants qu'ils entonnent ensemble.
Relèvent leur cœur courageux;
Puis, empressés, riants, agiles,
Ils volent aux travaux utiles
Comme ils voleraient à des jeux.

Berçant leur jeunesse captive
Aux parfums, aux bruits de la rive,
Aux flots calmes ou soulevés,
Au jour qui meurt ou recommence,
Du monde ils sentent l'ordonnance,
Ils sont émus, ils sont sauvés!

Par delà la plage écumante,
Par delà la nature aimante,
Qui leur prodigue ses beautés,
Par delà les plis de la nue,
Ils voient une main inconnue,
Dieu leur parle, ils sont rachetés!

Il leur parle par l'harmonie
Qui marque son œuvre infinie
Dans l'ensemble et dans le détail,
Par la tâche échue à tout être,
Par les grands préceptes du Maitre,
Par le devoir, par le travail.

Travail! fidèle ami de l'homme, joie austère,
Que Dieu place à côté des douleurs de la terre;
Mâle consolateur, dont le double pouvoir
Sait arracher au crime une âme qui s'égare,
Ou verse au cœur brisé le baume qui répare
Sa détresse et son désespoir.

Lorsque des passions vers nous la vapeur monte,
Que deux spectres cruels, la misère et la honte,
Nous poussent chancelants vers un mirage impur,
De notre âme évoquant la native noblesse,
Qui donc par sa fierté soutient notre faiblesse?
C'est toi, guide sévère et sûr!

A la vierge qui place en toi son espérance,
Tu promets un amour chaste pour récompense;
A l'artiste, au penseur, tu montres l'idéal;

Au pauvre courageux tu donnes le bien-être,
Tu rends l'indépendance à ceux qui t'ont pour maître,
Au coupable le sens moral !

Par toi, tout ici-bas se féconde et s'élève !
Par toi, la terre et l'âme enrichissent leur séve ;
Toutes deux, ô travail ! te doivent leurs trésors :
La terre a ses vergers, ses blés, ses vignes mûres,
L'âme a ses dévouements, sa foi, ses grandeurs pures,
Beaux fruits qui sans toi seraient morts.

C'est à toi, pour orner nos places et nos rues,
Que le peuple devrait élever des statues ;
Ah ! ce ne serait point un symbole imposteur !...
Soutien du faible, amour du fort, rachat du crime,
Des générations enseignement sublime,
Travail, éternel bienfaiteur !

V

Radieuses, voyez passer ces jeunes têtes,
Ces regards bons et francs, reflets de cœurs honnêtes,

Tous ces libres captifs, qu'un mot règle et conduit,
Soumis sans châtiment, laborieux sans bruit;
Le travail prend pour eux les traits de l'espérance.
C'est la juste rançon, la sainte délivrance,
C'est la sérénité qui mène à la vertu
Et retrempe le cœur lorsqu'il a combattu.
Leurs labeurs sont réglés suivant la force et l'âge :
Les uns des lourds charrois gourmandent l'attelage ;
Les autres, doux pasteurs, guident de longs troupeaux ;
Tous s'empressent, voyez ! de la plaine aux coteaux,
Labour, engrais, semaille, en bande les divisent;
Là-bas la sape éclate, ici les rocs se brisent,
Au loin le fer s'embrase, et, comme des démons,
Dans l'antre rouge et noir passent les forgerons;
La scie et le rabot grincent près de l'enclume,
Les bois, les moellons, se fendent, la chaux fume;
A ces bruits du dehors répondent au dedans
La rauque mécanique et les métiers stridents;
Partout la noble ardeur d'une tâche suivie,
Partout l'activité, le mouvement, la vie,
Partout de gais refrains en échos déroulés,
Comme les chants joyeux des moineaux dans les blés.

VI

Du devoir accompli goûtant la sainte joie,
Ouverte au sentiment, leur âme se déploie ;
Elle embrasse un autre horizon !
Des instincts d'infini se réveillent en elle,
Sous les liens du corps elle agite son aile,
Des voix chantent dans sa prison !

C'est la religion ! c'est l'amour de la France !...
Leurs tendres bienfaiteurs au pain de l'existence
Ont mêlé le pain des esprits :
Deux livres sont offerts à leurs jeunes mémoires,
L'Évangile divin, le récit de nos gloires,
L'amour du ciel et du pays !

L'amitié les unit et complète leur être ;
Renonçant aux noms froids et d'élève et de maître,
Ils échangent, présage heureux !
Les noms de père, frère et fils. — C'est la famille,
La famille perdue ! Oh ! doux phare qui brille !...
La famille renaît pour eux,

Puis à l'humanité la famille les lie.
Écoutez! c'est la nuit : — leur tâche est accomplie,
L'espoir sourit dans leur repos :
Quel péril tout à coup vient frapper à leur porte?
Qui donc entraîne au loin cette jeune cohorte
Dont les cris troublent les échos?

Entendez-vous gronder les flots?
Entendez-vous les matelots?
Entendez-vous pleurs et sanglots?
Entendez-vous?... La Loire monte!
Lente au regard, rapide au pas,
Elle avance, sinistre et prompte,
Rien ne l'arrête et ne la dompte,
Fuyez, ne la défiez pas!

Entendez-vous ce bruit sauvage
Qui siffle le long du rivage,
Rampe de village en village,
Liquide et sonore serpent,
Dont chaque anneau qui se déroule,
Vague immense, implacable houle,
Sur les hauteurs où fuit la foule
Comme un océan se répand?

Entendez-vous ces voix de femmes,
Ces plaintes à travers les lames,
Funèbres déchirements d'âmes
Qu'étouffent les flots triomphants?
Entendez-vous passer, plus sombre
Que le gémissement d'une ombre,
L'adieu de ce vieillard qui sombre?
Entendez-vous ces cris d'enfants?

Qui donc fouille les eaux pour sauver les victimes?
Ce sont eux! ce sont eux!... luttant d'efforts sublimes,
Vingt fois sous leurs fardeaux ils s'élancent au bord...
L'héroïsme vainqueur fait reculer la mort!

Relevez-vous enfin, âmes humiliées,
Ce jour anéantit vos fautes oubliées,
C'est l'épreuve dernière : — hommes régénérés,
Vous êtes à l'honneur remontés par degrés.

V

Quand l'été, visitant ces terres ravagées,
Nous les rendra de pampre et de moissons chargées,
Revenez! sur ces bords de vous bénir jaloux,

Les seuils hospitaliers seront ouverts pour vous;
Franchissez en amis la cour de la chaumière,
Où la treille aux jours chauds tempère la lumière;
Approchez sans rougir, saluez du regard
Quelque tableau riant groupé par le hasard :
Ces femmes, jeune mère ou jeune fiancée,
Ne sont plus un sarcasme à votre âme blessée.
Espérez, espérez! vous fûtes généreux!
Dieu vous a pardonné, vous pouvez être heureux.

VIII

Loi du pardon! partout ton esprit se révèle,
Tu promets de régner sur une ère nouvelle;
D'un pôle à l'autre, on sent tant d'orages gronder,
Que la terre t'invoque et voudrait te fonder,
Loi divine!... Attendris tout cœur qui te renie!
La force expire, l'homme a changé de génie;
Ne mettons pas de borne au bien dont il s'éprend.
S'il se montre plus doux, c'est qu'il devient plus grand!
La science a soumis le globe à son empire.
Des champs de l'inconnu le voile se déchire,
Les cieux sont parcourus, les éléments domptés,

Pour l'homme, l'univers n'a plus d'obscurités;
Sentant qu'à son ardeur vont manquer les problèmes,
Ses penchants inquiets s'interrogent eux-mêmes :
Il médite, il compare ; il se recueille, il voit
Que la haine le perd, que le mal le déçoit,
Et, ne s'arrêtant plus dans cette route ouverte,
Un jour il trouvera, suprême découverte,
Une règle immuable aux instincts de son cœur,
Qui prendra Dieu pour base et pour fin le bonheur ;
Plus rien du culte alors des antiques Furies,
Plus de corps torturés et plus d'âmes flétries ;
Les chaînes tomberont sur l'échafaud brisé,
Et le Christ sourira sur le monde apaisé !

1851.

FIN.

TABLE.

www.ingramcontent.com/pod-product-compliance
Ingram Content Group UK Ltd.
Pitfield, Milton Keynes, MK11 3LW, UK
UKHW031911260826
14628UKWH00003B/1129

9 782019 697501